Muchas personas me ayudaron (y me ayudan) a girar y
girar la cabeza...
Mi mamá, mis abuelas, Enrique (importante influencia
gatomaluna en este libro), Andrés, Iván, Sergio, Tatiana,
Natalia, Juan David... somos muchos, menos mal.

  GOBIERNO
DE ESPAÑA

MINISTERIO
DE CULTURA

Esta obra ha sido publicada con una subvención de la Dirección General
del Libro, Archivos y Bibliotecas del Ministerio de Cultura para su préstamo
público en Bibliotecas Públicas, de acuerdo con lo previsto en el artículo
37.2 de la Ley de Propiedad Intelectual.

¿De pie o de cabeza?

Primera edición: noviembre de 2011

© 2011 Sonia Pérez (texto e ilustraciones)
© 2011 Thule Ediciones, SL
Alcalá de Guadaíra 26, bajos
08020 Barcelona

Director de colección: José Díaz
Diseño y maquetación: Jennifer Carná

EAN: 978-84-92595-98-3

Impreso en China

www.thuleediciones.com

¿De pie
o de cabeza?

Sonia Pérez

thule

Me encontré
con un ser

un poco
extraño.

Que me hizo pensar

¿y si abajo

fuera

¿arriba?

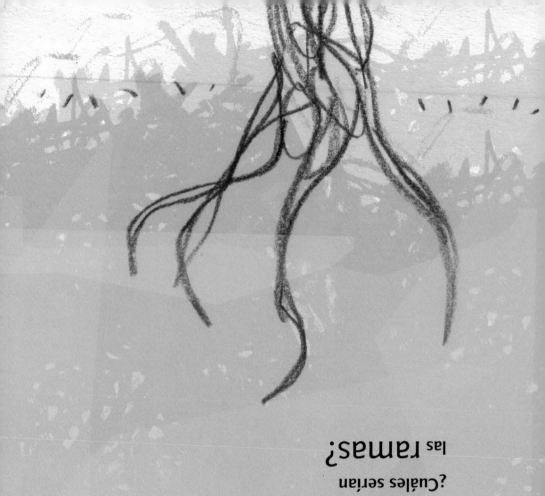

¿Cuáles serían
las ramas?

Y ¿cuáles

las raíces?

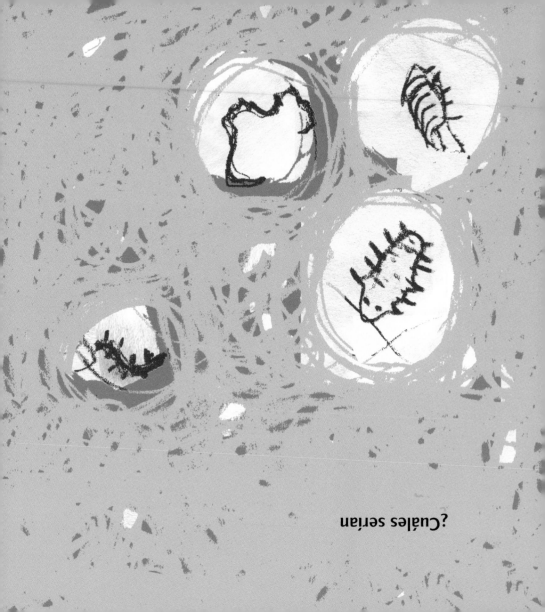

¿Cuáles serían?

los pájaros?

¿Cuáles serían?

los insectos?

¿Los charcos

serían las nubes?

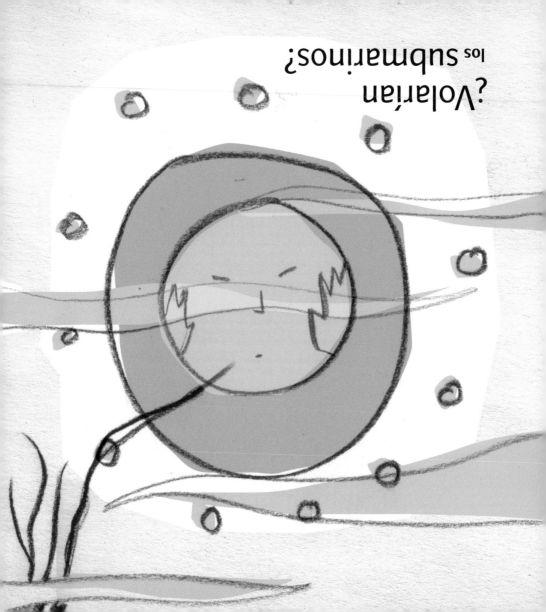

¿Volarían los submarinos?

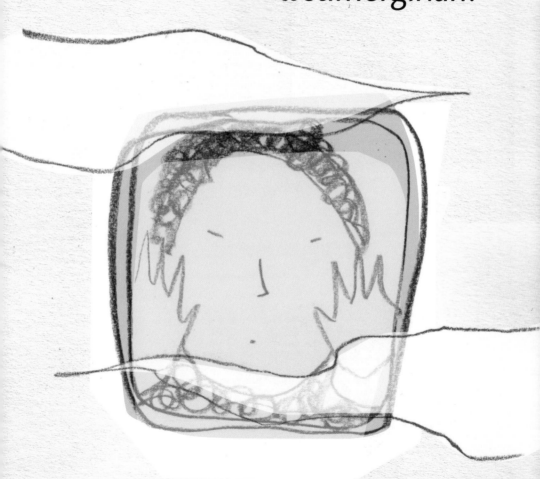

¿Los **aviones**
se **sumergirían?**

Los globos

llenos de helio

¿flotarían?

o ¿se caerían?

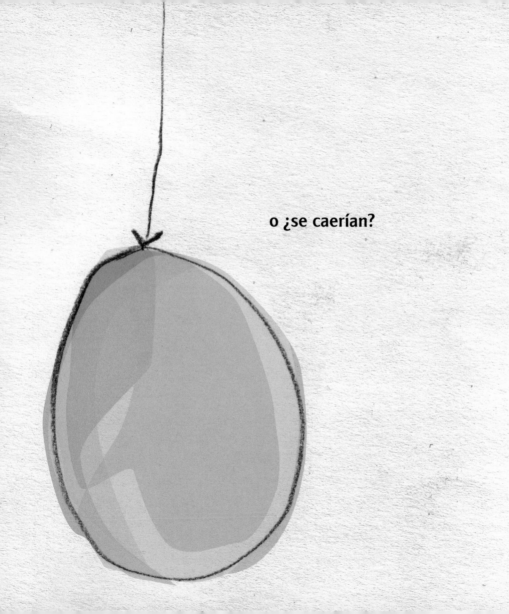

Qué personaje
tan raro.

Creí que lo había asustado

porque salió corriendo

pero volvió.

Con una estrellita.